Gall a disparu

Didier Lévy • Mérel

Rachid le timide

Mélanie la chipie

Pacha le chat

Pascale la géniale

Arthur le gros dur

ES-tu prêt pour une nouvelle aventure ? Eh bien, commençons !

Ah, j'y pense ! les mots suivis d'un ☼ sont expliqués à la fin de l'histoire.

Depuis deux jours, Arthur
et Pacha sont à la recherche
de Gafi.
Ils rencontrent Mélanie
qui le cherche aussi.

Un peu plus loin, Arthur, Pacha
et Mélanie croisent Rachid.
Il cherche Gafi sur tous les fils
à sécher le linge.
– Gafi s'est peut-être endormi
sur un fil après son bain, dit Rachid.
　Mais le fantôme n'est pas là.

Arthur, Pacha, Mélanie
et Rachid aperçoivent Pascale
avec un drôle de truc.
Elle aussi cherche Gafi.

– Qu'est-ce que c'est ? demande Arthur.
– Un détecteur de fantômes,
répond Pascale. Je l'ai fabriqué exprès
pour retrouver Gafi.

TUT ! TUT ! TUT !
Soudain, le détecteur signale
une présence. L'antenne s'affole.
– Gafi est par là ! s'écrie Pascale.
Les amis suivent l'antenne et
ils se rapprochent de chez... Arthur !

Les enfants vont-ils
retrouver Gafi ?

Gafi a disparu

Ça alors... Le signal vient
de la boîte aux lettres d'Arthur !
– Gafi doit être enfermé dedans !
dit Pascale.
 Arthur ouvre vite la boîte
aux lettres.

Arthur sort des publicités,
des journaux, du courrier…
Mais il ne trouve pas Gafi !
– C'est vraiment bizarre, dit Pascale
en examinant son détecteur.

– Il y a une lettre pour nous !
s'écrie soudain Rachid.

C'est vrai : leurs quatre noms
sont écrits sur une enveloppe.

– Qui va lire la lettre ?
demande Mélanie.
– Moi, bien sûr, dit Arthur,
c'est ma boîte aux lettres !

Les amis entrent dans la maison
d'Arthur. Celui-ci commence
à lire la lettre :
« Cher amis, le ventre en bosse... »
– Gafi écrit comme un cochon !
dit Mélanie. Je pense que c'est :
« Chers amis, je rentre en Écosse
dans le bateau hanté de ma camille. »

Gafi a disparu

– Ce n'est pas « le bateau hanté
de ma camille » ! disent en chœur
Rachid et Pascale, mais :
« le château hanté de ma famille.
Mes 26 frères et sœurs
et mes 78 cousins me manquent trop.
Adieu, Gafi. »

Gafi est-il parti
pour toujours ?

Quelle tristesse ! Pacha, Mélanie,
Pascale et Rachid pleurent.

Même Arthur, le gros dur,
verse une larme.

Mais, heureusement, quelqu'un
a des mouchoirs en papier...

Gafi a dispărut

– GAFI !!! s'écrient soudain les enfants.
 Le fantôme les regarde
avec un petit sourire désolé
et déclare :
– Ma famille me manquait,
c'est pour ça que je suis parti...

– Mais vous, continue Gafi,
vous me manquiez encore plus !

c'est fini !

Certains mots sont peut-être difficiles à comprendre. Je vais t'aider !

Détecteur : c'est une machine qui permettra de retrouver Gafi.

Signaler : le détecteur indique la bonne direction grâce aux lumières de son antenne.

Examiner : Pascale regarde le détecteur avec attention.

En chœur : Les enfants disent la même phrase en même temps.

As-tu aimé mon histoire ? Jouons ensemble, maintenant !

La lettre de Gafi !

Cette lettre a été tachée par de la peinture. Peux-tu la reconstituer ?

Chers amis,
je vous invite
pour le goûter, mercredi
de la semaine prochaine.
Nous fêterons l'anniversaire
de Mélanie.

Gafi

Réponse : Chers amis, je vous invite pour le goûter mercredi de la semaine prochaine. Nous fêterons l'anniversaire de Mélanie. Gafi.

Jeu des erreurs !

Ces images paraissent identiques.
Pourtant il y a 6 erreurs dans l'image du bas.
Amuse-toi à les retrouver.

Réponse : le nœud de Mélanie ; la palissade ; la serrure de la boîte aux lettres ; le papier par terre ; la couleur du nœud de Pascale ; les fleurs derrière Pascale.

Joue avec Gafi

Gafi, où es-tu ?

**Combien de fois y a-t-il
le nom Gafi écrit dans le texte ?**

Arthur et Pacha cherchent Gafi.
Gafi est peut-être sur les fils
à sécher le linge ?
Les amis de Gafi suivent
l'antenne du détecteur.
Ils arrivent devant la boîte
aux lettres d'Arthur.
Ils trouvent une lettre de Gafi.
Les enfants filent dans la maison
pour lire la lettre de Gafi.

Devinette !

Écris sur un papier le mot correspondant au dessin.

Gafi château

tête

Réponse : Gafi, château, lettre, détecteur.

Dans la même collection
Illustrée par Mérel

Je commence à lire
1- *Qui a fait le coup ?* Didier Jean et Zad
2- *Quelle nuit !* Didier Lévy
3- *Une sorcière dans la boutique,* Mymi Doinet
4- *Drôle de marché !* Ann Rocard

Je lis tout seul
9- *L'Ogre qui dévore les livres,* Mymi Doinet
10- *Un étrange voyage,* Ann Rocard

Je lis
5- *Gafi a disparu,* Didier Lévy
6- *Panique au cirque !* Mymi Doinet
7- *Une séance de cinéma animée,* Ann Rocard
8- *Un sacré charivari,* Didier Jean et Zad

Directeur de collection et conseil pédagogique :
Alain Bentolila

© Éditions Nathan (Paris-France), 2004
Conforme à la loi n°49956 du 16 juillet 1949
sur les publications destinées à la jeunesse
ISBN 209250405-3
N° éditeur : 10120743 - Dépôt légal : mars 2005
imprimé en Italie chez Stige